계속 열리는 믿음

정영효 시집

문학동네시인선 066 정영효

계속 열리는 믿음

시인의 말

우연히 얻게 된 자루를 함부로 다뤘다.
뭐든지 빨아들이는 그 속을 채울 줄 알았으나
의심이 두려워 자루를 묶어버렸다.

다시 고민은 시작되었다.

2014년 겨울
정영효

차례

2부 제목에서 끝나는

3부 우리는 서로에게 대다수가 되었다

1부
일어나지 않는 일

이어지는 곳

눈을 비비면서 나는 멀어졌다 거기에는 낮고 둔탁한 책상이 놓여 있었고

오래된 원근이 좀처럼 흔들리지 않았다 책상과 나를 이어주는 것 앉아서 보낸 시간이거나 멈춰버린 공간 그것들이 가깝게 붙어 있었는데도

눈을 비비자 잠시 아득해졌고 뒷일이 금방 다가오는 듯했다 계속 같은 곳으로 돌아올 수밖에 없는 넓이가 부족해서

방의 이외를 원하게 되었다 무언가를 떠올리는 동안 그걸 풀기 위해 시선을 고정했지만

눈을 비비고 난 후 단서로 남은 나를 계속 외우고 있었다 과거와 지금이 의심을 거듭하며 처음을 고백하는 다음처럼

나는 간신히 자유로운 채 쉽게 안심하고 싶었다

연설을 원하게 되었다

그때부터 답답함 속에서 빠져나오게 된 것이다 네가 연설을 끝내자 나는 아, 하고 입을 벌렸고 감탄이거나 이해 같은 것들이 오랫동안 이어진 너의 연설 뒤에도 나를 스쳐갔다

가만히 멈춘 채 알게 된 것을 확인해보며 그걸 기억해두기 위해 나는 애를 썼다 주변에 느낌이 들어찬 것처럼, 물어봐서 돌아온 것처럼 너의 연설이 닿는 순간이 그곳의 소감이 될 수 있다고 기대했다

청중의 박수로 주목받는 너와 너를 바라보는 나, 서로 모르는 사이였지만 내가 연설에서 소외되지 않았다고 생각했다 모든 게 만족스러웠으므로 지나간 시간들을 안심했다

무엇보다 가장 중요한 건 너의 연설이었고 아무 말 없는 너를 계속 기다리는 게 유일한 내용이었다

나는 혼자 다룰 줄 모르는 일을 너에게 빌려주고 싶었다 조급한 마음을 묶어주듯 나를 다시 잡아보면서, 줄곧 입장을 비워둔 네 연설을 원하게 되었다

이름들

내가 받은 첫번째 친절은
열두 마리 짐승 중 한 놈과 생일을 엮어 만든 계획
작명은 태내의 이후를 찾아 출생에 보태는 것이지만
간혹 내 이름을 불러보면
먼 소식이 풀리지 않는 사주를 차려놓는다
그렇게 하고, 해야 한다는 식의 믿음
또는 다짐이 나와 다르게 흐르고
문틈에 낀 밤의 외막 같은
몰래 다가오던 적요가 출입을 들킨다

이름이 가진 줄거리는 계속되는 이설
그걸 채우고 죽은 사람은 자신의 명(命)을 탐독했을까
남의 이름을 외울 때 뇌압에 귀가 멍하곤 하다
글자에 묻은 음색의 취향과 얼굴을 함께 떠올리면
인연을 데려온 이력이 궁금하고
낯선 공명이 관계를 꺼낸 채 탁하게 사라지는 것이다

알아야 해서 곧 숨겨버리는 망각
이름이 처음 만나 베푸는 예의라면
기억하기 힘든 이들은
전래가 어긋난 속계(俗界)를 지닌 걸까
정해진 문답으로 인사하는 순간마다
내 육성을 의구하므로

이름은 나를 훔치기 위한 협의인지
자주, 잊힌 이름들의 주기가 돌아온다

심판

나는 양과 보석과 노예를 전리품으로 챙겼다 양을 잡아 매일 잔치를 벌였고
보석은 부인에게 선물했으며 노예는 내 것으로 남겨두었다

배가 부르기 시작했고 잠자리는 뜨거워졌다
그러나 노예를 어떻게 부려야 할지
당장 뭐든 시켜야 하는데 가만히 두는 게 소유는 아닌데

전쟁이 끝난 뒤 이어진 평화로운 날들
배는 부르고 잠자리는 뜨거웠으므로
거의 다 만족스러워서 조금만 생각하고 싶었다

이겼으니까 얻은 것이다 무서운 짐은 무거운 것이다
모든 걸 알면서도 노예에게는 시킬 게 없어서

배가 부르고 잠자리가 뜨거워질수록 나는 나에게 가장 충실해졌다
아무 말도 하지 않는 게 노예에게 내린 명령이 되는 동안

아무것도 하지 않아서 노예는 충실했다
간섭이 사라진 명령을 만들었다 배가 부르고 잠자리가 뜨거워졌지만

전쟁에서 싸우는 꿈을 자주 꾸게 되었다
전부 후퇴하는데 혼자 전진하고 있었다
검은 화염이 들어찬 들판에서 나는 우직한 부하였다

관객

끝날 때까지 기다린다
언제나 저곳을 알기 위해 이곳에 있으면서

싸움이 시작됐는데 말리는 사람은 없고
사고가 났는데 상황만 늘어나고 있다

가만히 지켜보며 인상적인 것을 생각한다

악몽은 침대를
인형은 아이를
가까우면서 일정하게
한쪽은 다른 쪽을 초대한다

저곳이 현실이 될 때 비로소 이곳은 해석된다

배신을 겪은 뒤로 화해를 이해하듯
양분된 세계에 결정적인 갈등은 놓인다

타인이 다른 타인의 간증에 끼어들고
행인은 아무데서나 오줌을 눈다

그렇지만 그건 저곳에서 일어난 일
이곳을 벗어나지 못한 채

갑작스럽고 복잡한 감정들을 기억한다

지금, 놀라야 합니까
아니요, 아직 이른 것 같습니다

숨죽이며 타이밍을 계산한다
저곳이 거짓처럼 느껴질 때 이곳은 마침내 목적이 된다

우상들

확신할수록 멀어지는 게 있었다 과거에 대한 일인지 내가 아닌 것들인지는 알 수 없었다 아무 생각이라도 하자며 걷는 동안 그런 궁금증을 뭐라 불러야 좋을지

적당히 어울리는 말을 찾으려고 했다 그냥 기분이라 해버려도 될 걸, 매끄럽게 닮은 테처럼 더 근사한 것을 얻기 위해 나는 계속 머뭇거렸다 비가 올 듯이

가만히 있으면 방해가 될 것 같은 불빛에 섞여 가로수가 흔들리고 입간판이 흔들리고 외투가 흔들렸다

흐리게 움직이면서 차츰 거세지는 형체들, 무서운 일을 꾸미기엔 충분한 날씨구나 오래 멈춘 채 거리를 들여다보았지만

그럴수록 점점 멀어지고 있었다 이미 한 생각인지 새로 알게 된 것인지 알 수 없었다 당장 해결하지 못하면 미룰 것 같아서 계속 걷고만 있을 때

나오기 전까지도 내가 고민했었다는 사실만 분명해지기 시작했다

전야제

날이 밝을 때까지 광장에 까맣게 둘러앉아 우리는 밤을 지킨다 아직 기쁨을 말하기는 이르고 여전히 불안을 고백하기도 이르다

조급한 자들은 집으로 가 내일을 기다리거나 시간을 잊기 위해 그 끝을 찾아가고 있다 날이 밝기 전이지만

기도를 미룬 채 우리는 도시의 축포 속에 섞인다 단단한 표정처럼 마음을 불러세우는 함성, 거칠어진 호흡이 우리를 빠르게 통과한다

영원한 것들이 미래를 실수할 수 있을까 기억이 잠깐 저지르는 일을 걱정이라 생각할수록 뚜렷한 곳들이 점점 늘어나는 듯하다 어쩌면 영혼이 모여드는 지금부터

슬픔을 떠올리기는 이르고 출구를 준비하기도 이르다 저무는 외곽으로 날이 깊어지면 서로의 심장이 흔들릴 것이므로

약속한 직전의 밤이 이곳에 멈춰 있다 다른 얼굴들이 모두 평범해지는 동안 우리는 같은 쪽으로 어두워진다

해결책

동굴을 지날 때까지만 침묵하기로 했다 우리는 너무 많은 말을 했으므로 자주 의심했고 너무 빠르게 계획했으므로 늦게 도착하고 말았다

같은 곳에 있어도 같은 곳을 보지 않았다 누군가 소리친다면 돌아올 듯한 울림, 동굴의 문제는 두려움이었고 앞을 감싼 채 단단해지는 어둠과 알 수 없는 형상이 닿은 주변을 따라서

하나의 길만 믿었다 하나의 출구를 찾았다 고요함도 시선도 하나뿐인 게 이상했다 여태 우리가 모으지 못했던, 하나라는 것은 모두 평화로울까

그러나 동굴을 지날 때까지 묻지 않았다 우리는 너무 많은 게 궁금했으므로 친구가 필요했고 너무 쉽게 헤어졌으므로 소문을 가지고야 말았다 같이 시작했는데도 다르게 걱정하면서

동굴을 선택했다 선택은 하나뿐이었다 가장 가까운 길을 위해 가장 확실한 방법을 위해 함께 움직였다 함께 이해하기로 약속했다 우리만 있다는 게 함정처럼 느껴질수록

동굴을 지나갈 때까지만 계속 침묵하기로 했다

난망

폭풍이 지나갔다 주인 없는 물건들이 쏟아졌다 주인 없는 집이 생겼고 원인 모를 병이 돌았다

폭풍이 지나도 병들지 않은 사람들은 일을 했다 일해야 했다 일이란 필요한 것이고 일하면 얻을 수 있지만 일이 많아졌으므로 병이 돌았다

재앙이 퍼진 곳마다 주인 없는 물건들이 쌓였고 병에 걸려 죽은 사람들이 묻혔다 무덤에서 환하게 꽃은 피었지만 원인 모를 병이 돌았다

폭풍이 지난 뒤였다 점점 사람들이 떠나갔다 주인 없는 물건들이 늘어나고 주인이 없어졌는데도 개가 짖어대는 곳에 아직 병이 돌았다

모든 걸 잃었으나 병은 남았다 원래부터 그러했다는 듯 착각이 필요했다

비대칭

일곱시가 지났는데 여전히 다섯시가 따라오고 있었다 문제가 무엇인지 어떤 끝으로 향하는지 오래 고민했지만 알기 힘들었다

그것을 풀기 위해 시작된 나와 그것을 아직 풀고 있는 내가 같은 종의 나무들이 늘어선 길의 앞뒤를 절반씩 나눠 가진 채 걸었다

각자 하나로 남겨진, 처음은 어디이고 어느 쪽을 흩뜨려야 하는지 천천히 이어질 듯한 둘을 참지 못했을 때 깊고 선명해지는 자리에 내가 서 있었다

같은 종의 나무들이 겨울을 짐작하며 잎을 동시에 움직이다 동시에 멈추곤 했다 기다리는 게 중심이었다 먼 곳은 그대로인 것 같았는데 잠시 후가 자주 스쳤다

일곱시가 지나는 곳에 다섯시의 빛이 저물고 있었다 부동의 자세로 저녁을 보냈다 나는 가까운 데를 막는 선에서 멀리 사라지는 점으로 변했지만 줄곧 다른 것을 떠올려보는 중이었다

일어나지 않는 일

아무렇지 않게 지나치려고
기분과 눈빛을 함께 이야기하려고
그런 상황을 이해하기란 어려운 일이다
태어났으면 좋을 사람과 사귀면 건강해지고
가지 못하는 나라의 소식을 듣는 게 오히려 경험적이다
오 분을 먼저 걱정할 때마다 오 분간만 해야 하는 생각
우연히 마주쳤는데 마주치지 않더라도 생기는 일
그런 상황이 나타나는 곳에서 멈춰야 할 순간이 생긴다
하나쯤 붙잡고 싶은 의지라는 것
졸음이 묶인 개의 꼬리를 풀어주고
정오에 들리는 종소리가 누군가를 신실하게 만들듯
가까이할수록 멀리서 진실이 다가오는
가까운 미래를 바라보며 떨어진 과거를 찾는
그런 일이 일어나기란 쉽지 않다
유일한 장면을 목격한 것처럼
다만 당장을 불러보면서
이제부터 끝으로 밀려나는 세계를 믿고
문을 잠근 채 누워 있는 너를 친구로 여기고
꿈을 가진 자의 속물을 감춰주는
그런 상황을 기다리며
아무렇지 않게 지나치는 나에 대해서만 말하는

사라졌다

많은 게 사라졌고
비로소 그 사실을 알게 되었다

수만 년 된 해변이 점차 사라졌고
여태까지 산책하던 거리가 하루아침에 사라졌다

갑작스럽게 떠도는 풍문이 사라지면
풍문이 없어진 확실한 이유도 사라졌다

그때 우리는 서로의 대화 속으로 사라졌다

이상한 경험이 평범하게 변했다
신에게 기댈수록 정답이 사라졌고
농담은 엄숙한 분위기와 함께 사라졌다

영혼이 산 사람 곁으로 사라지는 것 같았으며
웃음이 슬픔 쪽으로 조용히 기울었다

거의 진실처럼 여겨지거나
언뜻 거짓처럼 느껴지는 것을 믿었을 때
우리는 구성되고 있었다

점진적으로

많은 게 사라졌으므로
비슷한 얼굴 비슷한 행동 비슷한 광경을
다른 곳에서 목격하기 시작했다

여전히 한쪽에는 길고 긴 싸움이 이어졌지만

가정에서 굳게 문을 닫을 때 나는 사라졌다
그리고 환호처럼 잠시 내가 펼쳐지고 있었다

주머니만으로

바깥은 춥고 바깥이 계속 이어져서 주머니에 손을 깊이 넣는다 찡그린 표정으로 만질 수도 기댈 수도 없이 우리는 겨울을 맞이했지만

나는 떨어져 걷는 너를 불쌍하게 여기기 싫다 이대로 우리의 주머니는 외로워야 할까 바람이 불어올수록 안으로 손은 더 움츠러들고

바깥에서는 할 일이 많은 법인데 잘난 동물 하나쯤 빌려와 남을 탓하며 우리가 함께인 이유를 묻고 싶은데 주머니 빼고는 참을 만한 구석을 갖지 못해서

여전히 바깥이 추워 바깥이 계속 이어진다면 어디로 가야 할지 모르겠다

주머니에 넣을 수 있는 이야기가 다른 곳에 있을까 우리만 그럴듯하게 지어줄 수 있는 이야기, 비밀이라 불러도 좋고 외계로 사라지는 행성을 닮은 이야기

헤어지기 전에 자욱한 입김을 풀어주면서 두둑한 공기에 주저하면서 잠시만이라도 다른 곳을 상상하기로 하자 따뜻한 주머니에서 꺼낸 서로의 손을 흔들며 또 봐, 라며 외칠 수 있을 때까지

이미 시작하였다

하나씩 준비해서 하나로 끝내는 일을 시작하였다 너는 탑을 쌓아올리고 나는 돌을 나른다 탑을 완성하면 소원을 빌기로 했지만 그건 아직 이후의 일이다 그러나 아직 일어나지 않는 일 때문에

지금 너는 탑을 쌓고 나는 돌을 옮기고 있다 벌판에 우뚝 솟은 탑, 벌판에서 해안까지 볼 수 있는 탑을 위해 하나의 돌을 모아 하나의 탑으로 이어가는 일을 시작하였다

같은 것을 반복해서 같은 높이를 바라보고, 마지막까지 함께하는 광경을 상상하며 손에서 다른 손으로 건네지는 돌 그리고 기대가, 여전히 완성되지 않은 우리의 조망을 만들어준다 하나씩 시작했으니까

하나의 높이를 자주 예상한다 언젠가는 가능한 일을 향해 움직인다 벌판에 탑이 없다는 사실이 탑이 생기기 전까지의 너와 나를 웃게 한다 각자의 소원을 준비하면서

하나씩 나누어서 하나로 모으는 일이 계속되고 있다

짐작하는 날들

다시 물어보기 위해 계속 짐작했다
의자에 앉으면 밀려오는 졸음에 대해
반대편에서 이어지는 평화에 대해

주택가를 무심히 지나는 고양이의 눈빛처럼
의심을 둔 채 확실해지는 것들을 믿지 않았다

문 앞에서는 매일 가능성과 마주쳤다
걱정을 알면서 우연을 내밀고
우산을 준비하면서 모자를 준비하고

무언가 일어날 거라는 생각으로 안도했지만
바람의 끝을 구름이라 부르거나
모래에서 기록을 찾는 식으로
비슷하게 시작해 조금 다른 이유로 끝나는 건
단지 비슷한 일로 남겨두었다

거짓말을 구해 아무데에나 숨길 수 있었고
고개 숙이는 혹은 고개 돌리는 내게
짐작하는 동안 낮게 말했다

나에 대한 확신은 반복되는가 경험적인가
그리고 무력해지는 잠으로 돌아와 차츰 잊어버렸다

조금씩 다른 생각들이 쌓인 곳에서
다시 물어보기 위해 계속 짐작할 뿐이었다

계단

어쩐지 명분이 부족하다

처음에 언덕이 있었을 테고 누군가
언덕의 꼭대기에서 닿지 못하는 형상을 생각했을 것이다
그렇게 해서 무리를 바치는 제단이나 위인을 받드는 단상을 쌓았다면
거기로 통하는 계단은 무릎이 복종하는 입구였던 셈

말하자면 밑어서 멀어지는 위치를 부르기 위해
자신이라는 가장 좁은 근방을 갖겠다는 약속이
오래된 신전과 솟아오른 무덤 앞, 계단을 들어설 때 하는 인사였겠지만

왜 이곳은 겹겹이 덧댄 천장들로 가득한가
또 그 밑을 떠도는 발자국들은 왜 문 뒤에만 숨어버리는가

지붕 하나 지고 살다 끝을 기다리는 자들에겐
높이를 풀어주는 계단이 지상의 간섭을 버릴 수 있는 막다른 자리
그러나 비밀도 맹세도 없이
나는 층층을 밟을수록 공중에 생긴 면적을 섬기면서
마지막 계단까지 이른 적은 드물다

통로가 빨려든 열쇠 구멍 너머
이름 모를 걸음을 듣고 종일 쥔 실마리를 놓친 채 자주 누웠으니
어떤 소문이 나를 두드리고 갈 것인가
비탈을 거닐다 주인을 잃은 헛것들

전구의 미색이 그림자를 거드는
계단 중간쯤에 두고 온 눈빛이 찬 기색으로 내게 다가온다

2부

제목에서 끝나는

코너

숨은 곳을 마주친다
어둠이 열리는 어딘가, 벽이 시작되는 어딘가
다가온 옆을 기억하는

그런 곳으로 돌면 왼손이 있을 수 있고
두려움이 닥칠 수 있고 목격자가 될 수도 있다
이미 밝혀졌으므로 사라지는 흔적처럼
뜻밖의 일이 생길수록 믿음은 어지럽다

그때부터 자신을 알게 된다
겪지 못했던 곳에 남겨진다
거의 맞춰졌다고 방심하는 동안
비밀은 회전하고 있다

어려운 결정에 누군가는 중지(中指)를 세운다
반대자가 되어 불쑥 일어선다
구석이란 미처 둘러보지 못한 앞이었으니까
다른 쪽을 가지며 나는 조금씩 물러난다

그런 곳에서는 적이 만들어질 수 있고
아직 남은 내 얼굴이 있을 수 있고

막혀버린 대화의 어딘가에

뒤집기 힘든 오해의 어딘가에
좁아진 말이 기다린다

이유를 찾을 시간이 필요하다

비밀

듣고 있었지만 들리고 있었다
누군가 울린 북소리가 숲속에 퍼졌다

사람을 모으는 것일까
동물을 쫓아내는 것일까

형체를 버리고서야 조밀해지는
조밀해지고 나서야 깊이를 가두는
틈을 짚는 소리에 숲이 울기 시작했다

길이 떨렸고 그늘이 어긋났다
넓어진 주변에 갇혀

나는 아무것도 말하지 않았다
숲을 꺼내는 소리가 느껴졌지만

외곽까지 삼키지는 못했다
흩어진 공중을 향해 남은 떨림이 곳곳을 잡아
천천히 숲을 닫을 뿐이었다

북소리가 멎은 후에 길이 보였다
비로소 뚜렷해지던 숲의 경계에서

북소리가 사라진 것일까
숲이 멈춰버린 것일까

모두 끝났다고 짐작했을 때
조용해진 숲이 오히려 내게 물어오는 것 같았다

가까워진 주변에서 여전히
나는 아무것도 말하지 않았다

들킨 게 없었지만 들리던 것은 있었다

상대가 있다

원리의 중요성을 강조하는 물리 수업이다 실재하는 것들을 이어주는 역학에 대해 한 사람이 방금 설명했고 나는 교실의 지루한 입체를 생각하다 그를 놓치고 말았다

그때 빠뜨린 걸 넋이라 불러도 좋을까 반듯한 공간과 그것을 다르게 이해하는 시선을, 분산 때문이라고 둘러대기 어려운 멀리서 나를 건드렸다가 빠져나가는 침묵을

여기에서 졸음이 다가왔는데 저쪽에서 인사하는 듯 분명히 내게로 향하는 느낌이지만 빛도 그림자도 없이, 뒤늦게 겹쳐지는 잔여를 가진 것처럼 지금이 조금 전으로부터 달아난다

내가 가져온 시간은 온전히 그대로인가 내가 앉은 자리는 확실한 곳인가 가만히 있는 게 이 속에서 떨어져버린 기분을 들게 한다

마주치지 말아야 할 허점이 되어버린 여기를 나만 알아서 모르는 척하고 싶은데, 역학을 확신하는 누군가가 차가운 눈길로 먼저 나를 증명하고 있다

배후에서

하얀 천으로 가려진 흉상 앞에서 짐작했지 죽은 사람인데 산 사람의 표정을 가진 얼굴을

우리가 오기를 바란 듯한 우리가 바라보는 걸 아는 듯한 얼굴의 그를, 여전히 무엇도 드러나지 않았는데

상상한 것과 비슷한 모습을 기다리며 이미 그를 기억하는 우리와 기억해야 할 그가 함께 있었다

인파가 한눈에 들어올 만큼 무척 가시적인 곳에서 식전(式前)의 분주함에 묻혀서

그를 닮은 심상을 짐작하며 돌아오지 못하는 그의 모습을 떠올렸다 어쩌면 그를 보기 위해서가 아니라 우리가 우리를 보기 위해 모인 곳에서 섬망처럼

전과 똑같은 햇빛이 비치고 전과 똑같은 시간이 지나갔다 천으로 가려진 쪽으로 그대로 선 채 지켜보는 우리를 가려주는 그와 그를 닮은 것의 생김새

하얀 천이 벗겨지기 전부터 환호를 준비하며 우리는 지켜야 할 일들을 미리 알아차리고 있었다

당분간

며칠 전부터 반성하던 아이는 여전히 고개를 숙인다
며칠 전부터 쉬겠다던 사람은 아직 돌아오지 않았고
장마라서 온종일 비가 내린다
주인을 문 개가 구덩이를 파
주둥이를 처박은 채 물컹한 허기를 핥는다
답답해서가 아니라 익숙한 게 두려워
누군가는 계속 연못에 돌을 던지며
수심보다 물 밖의 깊이를 들여다본다
오래갈 거란 약속이 흔들리고
상대 또한 그걸 쉽게 기억하지 못하듯
많은 모의들이 가끔 진실로 비춰진다
나는 거울에 대고 여기는 지겹다고 말한다
며칠 전부터 했던 생각이었으며
지금까지 이어왔지만 언제 끝낼지는 모른다

회로

너와 나는 친구가 될 수 있을까 더 비슷해지기 위해 우리는 숫자를 뽑아 점괘를 맞췄고 흔한 인사법으로 상냥함을 대신했다 회색의 도시보다는 야경을, 상상보다 상상이 주는 걱정을 나눠가진 채

서로를 바라보는 동안만 우리는 조금 더 짙어졌다 어디로 가는지 알지 못했으므로 어디가 끝인지 중요하지 않았다 낮게 엎드려 지나가는 것들을 응시하는 길목으로 조용히 고백하는 것, 그게 너에 대한 내 유일한 다짐이었다

그러나 마음을 다시 놓치면 가로등은 왜 늘 앞에서 시작되고 있는 걸까 저곳을 돌면 어떤 얼굴로 우리는 마주할 것인가 매번 같은 길로 돌아왔지만 기대는 반복될수록 두려웠고

비로소 집으로 가기 싫다는 용기가 필요했을 때, 우리는 손을 잡고 달리기 시작했다 너의 집이 아닌 곳으로 내 집이 없는 곳으로 굳은 표정이 이어지는 도시의 끝자락에서 이미 자정을 넘어서고 있는 두려움과 함께

깃발을 향해

깃발이 흔들리는 곳에서 여행을 시작하자

굴뚝이 아니라 첨탑이 아니라 움직이는 것
우리도 함께 움직이면서 그 너머를 기대하고
흩어지지 않을 만큼 행렬을 만들면
재빨리 지나칠 곳을 정리할 수 있다

풍경은 진실한 게 좋고 생각은 짧을수록 명료하다
도시는 도시처럼 생겨야 하지
숲에는 공원이 있어야 하지
깃발을 든 사람을 따라

듣지 못한 곳은 보지 않으며
보지 못할 곳은 듣기만 한다
조금 늦게 도착하거나 조금 빨리 출발하는
약속이 목적으로 바뀔 때

굳이 자신을 안내할 필요가 없어진다
깃발을 따르다가 멈추기를 반복하면
날씨와 양심 그리고 죽음처럼
아직 나타나지 않은 곳에서 우리는 이미 정해져 있는데
앞선 사람과 비슷하게 맞춰지는데

깃발이 흔들리는 곳으로 모든 계획을 보내도록 하자
가까우면서 당장 해결하기 쉬운
다 같이 움직이는 미래를 향해

우연의 방

방안에 구조가 만들어졌다 그것은 복잡했다 사라져서 남은 곳이면서 생기자마자 사라진 곳이었다

수많은 이야기를 계획하며 주변을 세워봤지만 무엇도 분명해지지 않는 구조로부터

유일하게 만들어진 구조는 방을 바라보는 나뿐이었고 유일하게 일어나는 사건은 나를 뺀 공간뿐이었다

상대가 나타났으면 좋을 법한 장면에서도 나는 혼자 말하고 혼자 대답했다

밖에서는 구름이 흐르고 날씨가 변했지만 내가 기억하는 구름과 날씨만 그곳으로 옮겨졌다 오랫동안 고민을 쥔 사람처럼

생각이 조금 늦게 떠올랐다 과거를 눌러쓴 그림자가 지나는 듯 실상은 없으나 소식이 만들어지고 있었다 내가 마주한 구조를 향해

쉽게 말을 꺼내면 거짓으로 흐트러질까봐 익숙해지는 것을 자꾸 멈추었다

방안에 구조가 만들어졌고 그 구조는 혼자 있는 것에서 시작되었다 움직이지 않는 벽들이 그 사실을 이어주고 있었다

겨울이 지나간다

여름에 담근 술을 겨울에 마신다 적당한 때란 늘 새로운 게 부족하지만 겨울이 되어서야 술맛이 좋아진다며 난로 앞에 앉아 너와 내가 웃고 있다 그러나 지난여름 함께 보냈던 그늘은 떠났고 나무들은 잠들었고 술 속에는 향이 더해진 과육이 남았다

실내를 버티는 창문과 떨어져 우리는 컴컴한 숲처럼 서로의 생활을 숨긴 채 좁아진다 여름에 헤어졌는데 어째서 지금은 같이 있을까 그것이 빨리 왔거나 그대로 왔거나 여름에 가졌던 문제를 겨울이 되어서야 꺼낸다 이미 어렴풋해진 기억을 떠올리며

겨울이 와서 술이 익었다고 믿을 만큼 지난 것들을 쉬운 조감으로 여긴다 그러나 어리석게도 슬픔을 따로 둘 곳이 없다 멀리서 얼어붙은 강이 갈라진 틈으로 흉을 새길 뿐

여름에 있던 우리가 겨울에 도착했다는 느낌을 어디쯤에 둘 수 있을까 자세히 보면 웃음 속에도 느린 구도가 있는데, 다만 무색함을 보태주며 지나가는 겨울일 뿐인데

다른 목소리

남들보다 너는 늦게 웃기 시작했다 예상한 일이었으므로 습관을 바꾸었다 꼬리를 계속 붙이는 아침이 지겨웠고 주말을 기억하는 자리를 미루었다

혼자서 너는 얌전했고 칭찬이 많았지만 그때여야만 할 순간에는 상상이 오지 않았다 기대 속에 등장한 자신과는 대화가 부족했으므로

풀이 마른 들판에서 썰물의 해안에서 일찍 사라진 것들을 떠올리면 알고 싶은 광경과 보이는 광경이 비슷해져간다는 것을 느꼈다

오월의 단색은 풍요로웠고 웃음을 삐뚤어지게 매도 마음이 지겨운 게 흔한 일이 되었다 축제로 단장한 거리에 대해 때때로 변하는 흥미에 대해 침묵하며 계속 생각했다

그리고 예상보다 너는 바빠졌다 과연 지금부터 나는 누구의 미래일까 너는 이름이 필요해졌고 갑자기 내 이름을 미리 빌려갔다

우리는 또다시 만나기로 약속했다 차츰 잦아지는 다른 기대 속에서

회전하는 탑

종을 치기 위해 매일 나선형의 계단을 올랐다 종을 쳐서 저녁을 알렸으므로 종을 치는 게 중요한 일이 되었으니까

조여드는 계단의 높이와 함께 나는 땀을 흘렸다 끝으로 단번에 이어진 층계를 밟을수록

거기의 중간이 어디인지를 생각했다 종소리가 나누는 낮과 밤, 내가 향하는 곳과 지금, 그 사이를 넘어갈 수도 무너뜨릴 수도 없는 것처럼

계단은 비틀린 채 종에 닿고 있었다 종에서 내려오고 있었다 서로 얼굴을 돌린 형상으로 반대를 밀어내는 쪽으로

가깝지도 멀지도 않은 시간을 알리기 위해 나는 종을 쳤다 계단을 올랐다 일이 반복되었지만 중간을 알 수 없었다 종탑 속에서 자주 멈추며

공중에 매달리곤 했다 올라가는 건지 내려가는 건지 모르는 길로 위아래를 마주하는 모습으로, 종을 치러 가는 게 중요한 일이 되고 있었다

안내자

교미로 새끼를 갖는 소를 직접 보지 못했다 수컷을 대신해 암소의 거기로 수정사가 손을 넣으면 그만이었다 어른들 틈으로 그걸 처음으로 보게 되었을 때 저 크고 묵직한 게 들어가는 이유가 무엇인지 그걸 받아주는 소의 심정은 어떤 것인지 궁금했다 엉덩이를 가만히 만져주던 손과 손을 기다리는 소의 미동, 이미 다 알고 있다는 듯 아무 방해도 없이 순조롭게 지나가던 그날, 사람의 손이 새끼를 만든다고 어렴풋이 믿고 싶었다 수정사가 떠나고 혼자 소를 지켜보는 동안 내가 모르는 게 당연한 것처럼 복종과 비슷한 단어를 언뜻 떠올렸다 막연하게 모든 일을 누군가 시킨 것처럼 이상한 느낌을 누군가 해결해줄 것처럼

나의 후보들

나는 계속 확실해지지 않는다 자주 대화하고 남의 말을 잘 듣지만 이런 것들을 언제나 잠시 뒤에 다시 생각한다 내가 나서는 곳이 드러날수록 잠시 뒤의 나 자신을 더 잘 이해한다 미세한 흐름을 남이 알아채는 동안 조금 전에 있었던 나를 준비한다 차이가 없을 때 고민이 많아지고 고민이 많을수록 이유를 만들어간다 잠시 뒤가 복잡해지면 한참을 망설인다 나를 불러줄 목소리를 원한다 그대로인 것 같지만 지금보다 먼저 떠나간 내 얼굴을 상상한다 먼저 다가오는 그림자 옆에 붙는다 누구보다 일찍 말하며 누구보다 늦게까지 걱정한다 같은 곳에서 동시에 내가 생겨도 내일의 일을 벌써 계획한다 잠시 뒤에 터질 수 있는 우연들을 조심한다 나는 빠르게 꾸며지는 결론이다

부메랑

어느새 규칙이 돌아오고 전쟁이 돌아오고
우리의 무능함이 돌아온다

결정은 그 자체가 되고 힘이 제자리를 찾고
반대가 정면으로 다가온다

언젠가 겪었던 것인데
언제나 주시했던 것인데

멀지 않은 지점에서부터

기다림이 태어나자 지켜야 할 반경이 굳어진다
의미는 형식이 되고 인사가 대화를 돌려준다

이미 지나온 곳과 다시 갈 곳을 마주한 채
잠시 어정쩡한 자세로 서 있을 때

나를 닮은 아이가 말을 걸어오기 시작한다

단절

잠깐씩 밝아졌다가 잠깐씩 그대로였으므로 볼 수 있었다

비 내리는 날 첨탑이 벼락을 끌어들이는 광경을, 그때 끝이 저물어버린 시간과 시간이 내색하는 배경이 얼마나 어두운지를

계속되는 끝이 있다면 그것이었다 닿기 전과 닫은 흔적이 만나서 뚫리게 되는, 이를테면 조금만 어긋나도 달아나버리는 것 그래서 모든 게 드러나는 순간

첨탑과 벼락의 끝이 궤적을 거둬들이는 중이었다 누구도 말해주지 않는 곳, 그러나 자꾸 알고 싶은 곳, 있던 데가 없는 데로 돌아와 남겨진 순서로 완성되기 시작하는

그 끝이 잠깐씩 보였다가 잠깐씩 머릿속을 지나갔다

나는 멈추었는데도 멈추지 못한 사람들 속에 서 있었다 아무도 말 걸지 않고 누구도 알 수 없는 끝으로, 이어지는 길 위에서 먹먹하게

제목에서 끝나는

남았으나 모자란 것들이 늘어나서 불에 태우기로 작심했다 단지 그것들을 제목으로 보여주고 싶어서

불속에 모든 기대들을 먼저 밀어넣었고, 알게 된 것과 마지막으로 이해한 게 달라져도 비슷한 윤곽이 겹쳐질 때마다 던져버렸다

아무것도 확실해지지 않았고 여전히 불안한 사실이 의심을 만들었다 부르면서 묻고 부르면서 답해보던 질문들을 멈출 수 없었다 한동안 충동이 일어났으므로

검은 연기와 검은 저녁 또 불을 물려받은 그림자에서 제목들이 떠올랐다 불을 헤집을수록 연기는 더 짙어졌다 흉내낼 때 두려운 것, 만들고 나서 흉내내고 싶은 것을 알기 위해 제목을 원했지만

흔했던 불길이 차츰 흔적으로 돌아왔을 때 거짓을 만들지 말자고 다짐하는 내가 있었다 남았으나 모자란 것들이 많아서 보여주고 싶은 게 채워지지 않았다

티베트 티베트

티베트 티베트라고 중얼거리면 기침이 나온다
발바닥을 닦고 노래를 풀어놓고
반성이라는 불편한 예의를 생각하다 떠오른 말

티베트는 거친 숨을 발음하는 짐승들의 밀담과
짐을 베고 잠든 이들의 잠꼬대를 닮았다
누군가 그 뜻을 묻는다면
내가 없거나 우리가 없이 번역될 수 있는 씁쓸한 외래어
또는 지나간 이는 있어도
어디에도 없는 방향이라고 답할까 그러나

티베트 티베트라고 중얼거리면 숨은 무거워지고
몸이 거절하는 낯선 기후처럼 찾아오는
나를 용서하지 않은 순리들이 깨어난 건지
한 계절을 앓은 듯 혀끝이 답답해진다

나는 종교도 없이 이불 속에서 회개해왔다
믿음은 오래된 추억
결심은 내일을 향한 안부
누군가 다시 티베트의 뜻을 묻는다면
불면을 만지며 자신을 의심하거나
과거에 기웃거리는 밤이라 답할까

지구의 그림자를 진 달은 더디게 흐르고
티베트 티베트
나는 천천히 내게 귀 기울인다

3부

우리는 서로에게 대다수가 되었다

현관

입구가 입구를 기다리고 있었다
출구도 출구를 기다리고 있었다

비를 피해 낯선 건물에 들어서며 바깥을 쳐다봤다

언제 다시 저곳으로 갈 수 있나
어딘가에는 더 넓은 실내가 있을 것이고

다른 곳에도 실내가 많을 테지만
나는 현관에 머물렀다 처음 온 건물이었으므로

지나치는 사람들은 내가 손님이라는 걸 알아차렸다
지나친다는 것은 들어온다는 뜻일까 나간다는 뜻일까

비는 그칠 줄 몰랐고
빨리 구름이 흘러가기를 시야가 맑아지기를 기대했다

아무렇지도 않게 사람들이 깊은 계단 쪽을 오갔다
피하고 싶을 때는 혼자 있는 게 편안하지만

피한다는 것은 들어온다는 뜻일까 나간다는 뜻일까
나 말고는 멈춰선 사람이 없었다
낮은 조명이 침침함을 구분하면서

실내에서 실내를 기다리고 있었다
바깥은 바깥을 기다리고 있었다

관리인

지하실에서 재빨리 라이터를 킨 건 나였는데 어느새 내가 쫓기고 있다 자국이 채워지면 무너질 것처럼 간신히 확신한 것처럼

도착을 안내하는 원근이 보이지 않는 곳으로 미뤄진다

물건을 찾으러 온 건 나였는데 어둠이 가까워지는 앞으로 빠듯한 순간이 펼쳐진다 어디에 두었는지 기억할 수 없다

언제나 똑같은 지하실에서 사방을 놓친 건 바로 나였는데 원했던 물건이 아른거릴 때마다 불빛이 가까스로 색조를 돕는다 그걸 방해하는 건 캄캄한 내부지만

조금씩 더듬는 곳이 나를 알기 위해 끼어든다 행동이 자주 사람을 잊어버린 채 사실을 만든다 문으로 들어왔으므로, 문만 빼면 아무것도 없는 구조가 나를 안내하고

거기서부터 시작된 문제 때문에 불편해진다 물건이 놓인 자리를 향해 헤매는 건 나인데 지하실로 온 목적에 대해 내가 가장 자신하고 있다

기침

예감에 대해 묻는다면 대답 대신 기침을 할 수도 있다
기다려도 오지 않고 오고 나면 지나칠 수 없는
기침은 내가 따르지 못하는 순서
앞뒤를 감당할 수 없는 조짐처럼
나와 무관했지만 내게서 시작되는
짧은 휴식이거나 오래된 피로 같은 것
모든 골목이 빛을 딛고 무너질 때
저녁이 무성한 잡념들을 거두면
나는 견고해지는 어둠 속에서 기침을 기다린다
아니 예감을 준비하며
나에 대한 태도를 배우고 있는지도 모른다
그러므로 기침은 끝이 아닌 계속의 형식
죽어가는 이의 기침에선 다른 생이 태어나고
기침이 지나간 자리에는 희미한 파문이 남을 수도 있다
가령 그의 유언은 기침이었지만
나는 그것을 기록하지 못했다
사라지면 돌아오는 고요 같은
어떤 생략과 반복을 느꼈을 뿐
그것이 윤회나 이생에 대한 믿음이었다면
나 역시 기침으로 대답하는 수밖에
침착함과는 거리가 먼
결론은 없으나 결단을 해야 하는
기침이 나오는 순간, 그 짧은 외도에

행진

찾을수록 바깥은 넓어진다
이어져 있거나 끊겨 있거나
미리 짐작한 반대일 수도 있는
안으로부터 차츰 나머지가 만들어지고
그걸 잡기 위해 끊임없이 다가간다

저녁을 빨아들이는 숲
파장이 번지는 수면처럼
끝을 향해 걷다보면
생각 속에서 언제나 혼자 빠져나온다
구체적으로 멈췄는데 질문이 따라온다
색깔을 모르고 구성을 모르지만

여기가 아닌 곳으로 죽은 사람이 손을 흔든다
그 곁에서 환자들이 기웃거린다
잎이 떨어지자 계절은 넘어지고
공원이 많아져도 친구가 없는 친구들

걸을수록 바깥이 좁아지는 친구들이
몸에서 흐트러지는 정신을 붙잡는다
눈앞을 매일 건너가는 동안
깊게 파인 암울을 자주 바라본다
바깥을 정돈하면서 그들이 점점 흘러간다

근시

그때 우리에게는 횃불이 필요했다
마노로 만들어진 탑을 찾아가는 길이었고
저녁을 먼 곳에서 모으는 개의 짖음을 들었다
빽빽하게 늘어선 교목들 너머
누군가는 자꾸 걸음을 놓치고 있었지만
밤이 가까워져도 신기한 윤이 난다는 마노탑
그걸, 꼭 한 번은 만져보고 싶다며
처음인 곳을 향하게 된 이유를 생각했다
횃불이 붙자마자 확실한 주변을 가진 것처럼
어둠을 넘어서지 않으면서 믿고 따랐던 시야
또 시야 건너에서 우리를 감싸던 숲
그러나 상상으로 탑을 그려 미지의 질감을 욕심내는 건
이미 어리석은 일이었다
걸음보다 기대를 빨리 보낸 속도와
원근이 모자라 다급했던 마음
우리의 결기는 그칠 줄 몰랐고
숲이 꽉 물고 있는 길을 횃불로 뚫으면
종일 결심했던 경험이 계속될까
문득 의심이 드는 곳에서
횃불이 유일한 사실로 남은 시간이 흐르고 있었다

빠른 길 쪽으로

끝없이 긴 줄이 만들어졌다 오랫동안 지속되었고 누군가 끼어드는 것 같았다 알 수 없었다 끝없이 긴 줄은

가까운 곳이 사라졌고 먼 곳은 멀었다 그건 앞뒤가 정확한 일이었다 모두 이해할 수 있었으므로 한동안 침묵했다

누군가는 빠졌을 텐데 줄이 줄지 않았다 기다리는 시간은 모두 타성이어야 할까 그건 어기기 힘든 일이었다 모두 믿기 싫었으므로 비난이 필요했다

도무지 차례가 다가오지 않았고 고민을 반복했다 예상에 없던 일이 시작되었다 사실 예상했던 것은 없었다

단지 차례를 기다릴 뿐이었고 지연된 이유가 다른 차례가 되었다는 게 문제였다 처음부터 그랬다는 듯 바라고 있었다는 게 문제였다 무엇도 정리하지 못한 채

언제나 고의적인 것처럼 끝없이 긴 줄이 이어졌다

저녁의 황사

이 모래먼지는 타클라마칸의 깊은 내지에서 흘러왔을 것이다
황사가 자욱하게 내린 골목을 걷다 느낀 사막의 질감
나는 가파른 사구를 오른 낙타의 고단한 입술과
구름의 부피를 재는 순례자의 눈빛을 생각한다
사막에서 바깥은 오로지 인간의 내면뿐이다
지평선이 하늘과 맞닿은 경계로 방향을 다스리며
죽은 이의 영혼도 보내지 않는다는 타클라마칸
순례란 길을 찾는 것이 아니라 길을 잃는 것이므로
끝을 떠올리는 그들에게는 배경마저 짐이 되었으리라
순간, 잠들어가는 육신을 더듬으며 연기처럼 일어섰을 먼지들은
초원이 펼쳐져 있는 그들의 꿈에 제(祭)를 올리고 이곳으로 왔나
피부에 적막하게 닿는 황사는
사막의 영혼이 타고 남은 재인지
태양이 지나간 하늘에 무덤처럼 달이 떠오르고 있다
어스름에 부식하는 지붕을 쓰고 잠든 내 창에도
그들의 꿈이 뿌려졌을 텐데
집으로 들어서는 골목에서 늘
나는 앞을 쫓지만 뒤를 버리지 못했다
멀리서 낙타의 종소리가 들리고
황사를 입은 저녁이 내게는 무겁다

거의 가능한

그곳을 알게 되었고 며칠을 머물렀다

며칠에 마지막 하루를 더했는지
하루에 며칠을 더 갖고 싶었는지
고민하기 위해서 그곳이 필요했다

춥지도 덥지도 않은 날씨였으며
똑같은 식사와 똑같은 낮잠을 반복했다

그건 우연이 아니라 습관이었고
모든 문제들이 잠깐 미뤄졌다가 잠깐 해결되기도 했다
아무런 방해가 없어서

달랐던 이유들이 비슷해지는 것 같았다
첫날을 기대하며 며칠을 버텼는지
며칠을 버티고서야 마지막날을 보냈는지
계속 떠날 기미를 기다리면서 그대로인 것을 믿었다

그곳을 알게 되었지만
확실히 인상은 부족한 곳이었다
나는 시간이 남긴 계획이면서
속단을 피하고 싶은 손님이었다

많은 것들을 시작했으나 여전히 결심하고 있었다
적어도 그곳에서 며칠을 더 머물 것 같았다

너무 많은 건물들

너무 많은 건물들 속에서
여럿이 노래를 부르고 말을 외운다

저녁을 잊어버리면 아침이 그곳에서 열리고
인파가 사라진 뒤에 새들이 찾아온다

숨이 도는 정물처럼
내부를 빼고도 주변을 채우는 울림과
울림이 남긴 것도 건물이 품은 것도 아닌

이상한 기분이 거기에 있고 쉬운 경계가 필요해
그 너머의 경계를 마음에 새기면서
혼자서 아는 노래를 부르며
아는 말을 외우는 사람이 있다

너무 많은 건물들 속에는 미뤄진 일들이 많아
내일이 먼저 그곳을 떠난다

소리를 붙여주면 보이는 형상이 생길 듯
자꾸 끌어당기며 방심을 챙겨주는 정체가 있다

은밀하게 믿는 방법은 누구도 가르쳐주지 않는다

너무 많은 건물들에서 윤곽이라 하기엔 희미한
암묵에 가까운 것들이 떠돈다

당사자들

우리는 자주 발각되었다
적당히 지나왔을 때 돌아봐야 했었다
열까지 세다 모두 접어버린 손가락들에서
최초의 진실을 숨기는 최후의 거짓말에서
미래가 나타나자 불안이 싹트기 시작했다
여전히 처음으로 간다면 마주칠 수 있을까
낯선 경험에 다르게 도착하기 위해
멈칫거리면서 숨을 고르고
시키지 않았는데도 가역적으로 반응했다
알고 싶은 곳들을 위한 여행에서
가지 못하는 곳들을 욕심냈다
그렇다고 세계가 좁아지는 건 아니었다
계속 그대로인 것들이 있어서
계속 열리는 믿음
우리는 기도에 늘 계획을 집어넣었고
식사를 마친 뒤에도 싸움을 멈춘 뒤에도
걸음이 가리키는 쪽을
재빨리 현장으로 만드는 역할을 맡았다
많은 날들이 쌓일수록 익숙한 근처가 늘어났다
창문과 거리 사이를 궁금해했으므로
남의 즐거움에도 관심을 두었으므로
우리는 서로 표적이 되는 자들이었다

공모

언제부턴가 나는 선생으로 불리게 되었고 손님이 올 때마다 탁자에 앉아 대화를 나눴다 무슨 문제입니까 어떤 고민입니까 먼저 말하지도 않았는데도 그것들을 묻고 있는 나를 차츰 확인했다

모든 자리는 호의적이어야 한다 들키기 싫으면 공손해야 한다고 다짐했다 시작은 정확히 거기에 멈춰 있다는 듯

곧바로 안심하기 위해 나와 상관없는 일에도 문제를 이어갔다 그건 미덕이었고 시선을 맞추며 끼어들 기회를 찾으며 줄곧 침착함을 지켰다 적당히 응수할 차례를 계속 열면서

언제부턴가 나는 나를 선생이라 소개하게 되었고 양보는 얼마나 큰 겸손인지 반대는 얼마나 올바른 명분인지 더 어려워지는 문제의 확실한 증거가 되어갔다

끝만 남을 때까지 짧은 주장과 긴 이유를 반복했다 탁자에 앉은 나는 더욱 내게 가담하고 있었다

같은 질문들

폭설에 오랫동안 고립되었다 길이 막혔고 음식은 모자랐고

지금 필요 없는 사람은 누구일까 여럿이 누군가를 의심하기 시작했을 때 우리는 서로에게 대다수가 되었다

예외 없이 걷다가 예외 없이 고민했다 사방은 흐릿한데 눈빛은 뚜렷해져서 우리가 스스로 이유로 남을 수 있게

우리는 여럿으로 소요되었다 여태 함께 모았던 대화가 기억나지 않았다 눈발이 사납게 울수록 발이 무거워졌고 선택은 힘들었으므로

예외 없이 주저하다 예외 없는 암묵에 동의했다 여기서 꼭 필요한 사람은 누구일까

반대로 다시 묻기 시작했을 때 우리는 가장 가까워지고 있었다

목적지

조금씩 나는 평범한 예가 되고 있었다
자주 확인하면서 조바심을 멈추고 싶은 다급한 견해였다
처음이 두려웠고 흉내를 좋아했으므로
흔한 일을 대표로 뽑아 같은 일을 반복했다
지도와 해안과 섬을 이어가는 식으로
섬과 해안과 지도를 맞추는 것처럼
낱낱의 외곽을 새기며
앞뒤의 가능성이 앞뒤를 반박하지 못하도록
함부로 이유를 빌려다 썼다
그것을 잠깐 부르는 게 모든 것에 대한 대답이었다
숲을 가꾸기 힘들어 다른 숲의 나무를 마구 뽑았으며
낮을 찬성하는 밤을 가지기 위해 남들과 근심을 나누었다
모든 습관은 여전히 튼튼했고
골목의 구조가 쉽게 변하는 동안
산책과 배회의 차이는 점점 사라졌다
쉬운 감상이 쌓이는 동안 같은 장래를 맞이했다
그리고 달라져버린 계획에 나는 도착하고 있었다

경향

숲이 불탔다 파편처럼 새가 튀어올랐고 나무가 무너졌지만 여전히 우리는 그곳을 숲이라 불렀다

여전히 그곳을 숲으로 바라보고 있었다 더이상 새가 찾아오지 않았고 길을 복원하지도 못했는데 예전의 숲이 지닌 모습을 이미 기억했다

재로 남은 것들이 피어오를 때까지 한때 숲이었으니까 다시 숲이 될 수 있는, 상상으로 채워지는

그곳을 여전히 우리는 숲이라고 아이들에게 가르쳤다 보이는 것들을 명심하며 아직 보지 않은 것들을 정리하고 있었다

관람

우리는 극장에서, 극장보다 더 어두운 곳에서 많은 사람들에 섞여 누가 있는지도 모르고 한쪽으로 바라보며 남의 말에 재빨리 수긍하면서 처음 보는 사람을 따라 혼자서는 사건이 되지 못하면서, 광장 같은 함성이 들리는 쪽으로 이미 무서워진 응대와 찬성에 묻힌 채 모르는 사람들끼리 서로의 이름을 도와주고 있었다

독감

독감에 걸린 새들의 고향은 멀다
버릴 수 있는 것들을 상의하며
계절의 뒤를 찾아 그들이 어둠을 짚을 때

바람은 시린 부리를 기억하면서 두통을 앓고
날개의 끝에서 시작된 새벽이 인간의 지붕으로 내려앉는다

그러나 독감으로 뒤척이는 내가 할 수 있는 일은
입맛을 떠올려보거나
축 늘어진 성기를 위로하는 것
불시에 찾아오는 기침을 밤새 외우며 통증을 눕혀주는 것

빈방처럼 쓸쓸한 이불 속에서
나는 가장 단순하고 겸손해지므로
독감을 앓으면 자신의 체질을 묵독할 수 있고
무력하지만
친절에 대한 하나의 방식을 깨달을 수도 있다

육감을 가진 새들과는 달리 사람의 대책이란 고작 반복해야 하는 다짐들
독감에 지쳐 목이 어두워지는 건
이미 늦어버린 친절을 배우고 있기 때문인지

밤이 지나갈 때까지 나는 더욱 불안할 것이다

검은 거리

이상할 게 없는 곳으로 가고 있었다

기다리는 사람에게서 시간이 출발하지 않을 것처럼 자주 서성이면 무슨 생각이라도 만들어질 것처럼

아무렇지도 않게 식당으로 가 늘 먹던 음식을 주문했고 극장을 나오면서 극적 갈등을 잊어버렸다

불빛과 불빛에 기댄 불빛 차츰 무수한 그림자들이 거리 속으로 수렴되었다 이상할 게 없는 곳에서

어디든 노래가 흐르고 누구나 춤을 출 수 있었다 그런데 왜 이곳엔 주인공이 없는 걸까 이런 식의 질문으로 손님이 되는 걸까

너무 빠르거나 너무 느리게 다가온 고민이 흔한 흉내같이 새겨졌다 그러나 그건 이상하지 않은 일이었고

전말과 결말이 하나가 된 듯 남들과 비슷해지며 나는 조금씩 희박해지는 중이었다

언제나 그랬으니까

이상할 게 없는 곳에 고립되면서 저녁을 맞이했다 거짓말 처럼 결정적인 목소리를 듣고 싶었다

지켜보는 눈

무리를 이끌며 마을에 들어섰으나 가질 게 없었다 겁먹은 사람들과 풍족한 창고

혼란스러운 소리가 있어야 했는데 창을 겨눌 이도 추궁할 것도 이미 사라진 뒤였다

뺏기기 싫은 마음은 침묵이다 모조리 비워진 곳이 방법이다, 혼자 중얼거렸지만 결정할 게 없어서

달아난 자들보다 내가 더 다급했다 승리를 즐기며 축배를 나누고 싶을수록 창끝과 입술이 무뎌졌다

계획하지 못한 데에서 고민을 하며 나는 멈춰 있었다 마을을 차지하기 전까지 싸움을 각오했지만

무엇으로 충만해지나 다만 그 해답을 떠올리는 중이었다 내가 나타나지 않았으면 무한히 펼쳐질 것 같은

앞쪽으로 어깨를 벌린 채 먹구름이 몰려오기 시작했다 마을에서 건질 만한 일을 찾고 싶었지만 뒤져볼 곳도 숨을 길도 이미 드러난 뒤였다

해설

나를 벗어나는 차원의 이야기

김나영(문학평론가)

이 시집의 첫 페이지부터 꼼꼼하게 읽어온 사람이라면 알아차렸을지도 모르겠다. 정영효의 시에는 습관처럼 쓰이는 몇 개의 단어들이 있다. 자주 등장하는 것 중 하나는 '생각하다'라는 동사다. 생각을 하다. 이 말은 동사이지만 겉으로 드러나는 움직임을 지시하지 않고, 내면의 부단히 변동하는 사안들을 더듬고 정돈하게 할 뿐이다. 또한 이 말은 생각하는 자의 태도를 드러낸다. 다급하게 판단하고 그 판단에 따라 성급하게 말하거나 행동하는 일의 정반대에 이 태도가 있다. 그러니 생각한다는 말은 다급한 판단과 성급한 말을 경계하겠다는 모종의 의지와 그로써 예비된 결단으로도 읽을 수 있다. 그럼에도 자신을 내색하기보다는 자기의 내면과 연동하는 바깥의 일들을 오래 들여다보고 깊이 사유하겠다는 저 동사의 거듭된 출현은 일견 그 반대의 경우를 상상해 보게도 한다. 말하자면 생각하겠다는 말의 반복은 한편으로 생각할 수 없는 사정을 뒤집어 진술하는 일처럼 보이기도 하고, 다른 한편으로는 목적하는 대상을 생략하고 생각하다라는 동사로 목적어의 자리까지 채움으로써(생각하기를 생각하듯이) 생각의 대상을 자기의 불확실한 내면으로 돌려놓는 일처럼 보이기도 한다. 그로써 정영효 시의 화자들은 동어 반복이 갖는 지시 불가능한 문법적 위치와 무궁무진한 의미의 확장을 동시에 획득한다. 꽤 단순해 보이는 낱말과 문장들로 간단한 서사를 그려내는 시편들에서도, 생각하는 화자들은 일반적으로 지시되는 의미의 장을 그려 보이는 동시에 그 장에서 벗어나는 통로를 발견한다. 정영효 시의 생각하는 화자들이 생각하는 자신의 위치는 의미와 의미 아닌 것의 경계 지점이다. 그러니 정영효의 시를 읽는 우리도 바로 저 '자신'의 특별해 보이는 걸음을 따라가볼 일이다.

현실과 시

이렇게 시작되는 시가 있다.

끝날 때까지 기다린다
언제나 저곳을 알기 위해 이곳에 있으면서

—「관객」 부분

우리가 우선 알아낼 수 있는 것은 이런 것들이다. 화자는 "이곳"에 있다는 것. 그 화자가 이곳에 있는 이유는 "언제나 저곳을 알기" 위하는 데 있다는 것. 또한 저곳의 정체나 사정이 끝나지 않는 한 화자는 계속해서 이곳에 머물러 어떤 끝을 기다릴 수밖에 없다는 것도 미루어 짐작할 수 있다. 그러니 이곳에서 말하는 자를 계속해서 보자. 이 화자의 말과 행동을 주시하는 우리에게 이곳이 곧 시의 자리이기 때문이다. 이 시에는 "저곳"의 사정을 주시하면서, 저곳의 상황이 종료되기를 기다리면서 부동하는 화자가 있다. 그런 화자가 끝 모를 기다림을 '선언'해버리자 이 시를 읽는 우리 역시 무언지도 모를 저곳의 일에 발이 묶인다. 이 지점이 이곳을 특별하게 만든다. 화자가 화자로서의 기다림을 작정한 것은 자신이 이끌어갈 시적 상황을 앞두고 더이상 움직이거나 말하지 않겠다는 이상한 결심이기도 하다. 때문에 이 시는 시의 정황을 주도하는 화자의 부동과 침묵 이후에, 혹은 일정한 표면을 이루는 몇 개의 문장과 구두점 이외에, 시적 정황을 구성하는 일에, 혹은 한 편의 시를 오롯이 읽어내는 일에 무엇을 어떻게 더할 수 있을지를 묻는 (그런 의미에서 한편으로는 독자를 향한) 질문으로 읽히기도 한다.

싸움이 시작됐는데 말리는 사람은 없고
사고가 났는데 상황만 늘어나고 있다

가만히 지켜보며 인상적인 것을 생각한다

악몽은 침대를
인형은 아이를
가까우면서 일정하게
한쪽은 다른 쪽을 초대한다

저곳이 현실이 될 때 비로소 이곳은 해석된다

—「관객」 부분

아마도 화자가 멈춰서 침묵하고 기다리기로 작정한 이곳은 "관객"의 자리일 것이다. 공연을 관람하는 자리인 관객석에서는 응당 크게 움직이거나 소리를 내지 않아야 한다. 다만 눈앞의 무대에서 펼쳐지는 극중 상황을 지켜보고 몰입하되, 자신의 감정이나 생각을 표나게 드러내어서도 안 된다. 그것이 관객으로서 지켜야 하는, '이곳'의 규칙이기 때문이다. 이 시는 그처럼 단순하기에 거의 주의하지 않게 되는 관객의 도덕을 시의 화자에게로, 다시 시를 읽는 우리의 편으로 돌려놓는다. 침묵하고 부동하는 화자는 시를 읽는 우리에게 무엇보다도 화자의 태도를 마주하도록 유도한다. 이 화자는 말과 움직임이라는, 이미 항상 의미화된 채로 주어지는 시의 자리를 비워내고 애초의 텅 비어 있는, 무언의 막연함을 보여준다. 그리하여 더불어 침묵과 부동에서조차 억지로 무엇을 읽어내려 했던 일종의 관성을, 아무 일도 일어나지 않는 데에서 발생하는 갈등의 형식으로 이곳에서 상연한다.

여기서 단순하게 이곳과 저곳이라고 구분지어 말하는 곳은 도대체 어떤 공간일까. 제목으로 미루어 객석과 무대의 비유로 볼 수도 있겠고, 좀더 확장해서는 시와 (시가 놓여 있긴 하지만 시 바깥인) 현실로 나누어볼 수도 있을 법하다. 여러 가지 갈등이 빚어지는 현실에 금을 긋고 저곳이라고 지칭하는 순간에 이곳이라는 비현실 내지 가상의 공간이 생겨난다. 중재 없는 싸움과 수습 없는 사고는 매우 역동적인 현실의 다종다양한 국면들을 지시하는 듯하고, 경계를 두고 "가만히 지켜보며 인상적인 것을 생각"하는 시의 입장은 상상으로만 가능한 방도처럼 보인다. 하지만 이 화자의 입장은 그렇게 현실과 가상을 구별짓는 게 도리어 불가능하다는 데에 있다는 점을 잊어서는 안 된다. 악몽과 침대를, 인형과 아이를 짝지어 가상으로 현실을 설명하는 일은 손쉽지만, 동시에 그로써 관객이 이해하고 공감할 것으로 전제된 현실성은 의심받기에도 쉽다. 이 시에 따르면 "저곳이 현실이 될 때 비로소 이곳은" 현실 아닌 것을 현실로 바라보기로 한 자의 결심을 통해서 겨우 "해석된다". 이를 오래 정직을 추구해온 자의 시선을 통과한 말이라 할 수 있지 않을까.

남은 중요한 것은 이곳을 해석하는 관객의 방식이다. "결정적인 갈등"이란 저곳과 이곳은 엄연히 구별된 세계("양분된 세계")라는 전제로써 저곳을 통해 이곳을 바라보는 방식 그 자체다. 다시 말해 결정적인 갈등이라는 사건명은 '갈등을 결정하다'라는 사건의 경위를 포함한다. 관객은 이곳에 있다고 말하지만, 실상 이곳과 저곳을 포괄하는 세계의 양분된 지점, 그 위에 있기도 하다. 관객은 관객으로서 이곳과 저곳을 분할하고 저곳에서 일어나는 일을 이곳에서 바라보고, 이곳에서의 바라봄을 저곳에 투사하면서 자기 내면에서 세계를 나누고 나누어진 세계를 통합하기를 거듭한다. 그로써 관객은 구분된 양쪽이 구분된 상태로서 만날 수 있다는 것을 몸소 증명하는 존재가 된다. 이곳과 저곳에 다리를 놓듯이 '바로 거기에 그렇게' 가로놓인 갈등이야말로 관객의 자리다.

이 시의 경우로는 바로 시의 자리가 그렇다고 짐작해볼 수 있다. 거짓말 같은 현실이거나 비현실적인 현실이라는 말은 이제 와 너무 식상해졌다. 그 식상한 느낌이 하나의 "목적"이 되어버린 화자에게 이곳과 저곳을 분할하고, 인상적인 가상의 자리와 무엇도 해소되지 않은 채로 계속해서 새로운 상황만이 생겨나는 현실의 자리를 나누어보면서, '다만 갈등이 있다'는 것을 목격하고 증언할 수 있을 뿐인 관객의 입장은 오히려 특별해 보인다. 소극적이고 수동적으로 보이는 객체의 자리, 하지만 어둠 속에 숨죽이고 있는 이곳이야말로 하나의 특별한 목적지가 될 만하다는 말이다. 달리 말하면 무궁한 현상과 그에 대한 자극적인 해석과 즉각적인 재현으로서의 대응들이 서로를 "간증"하며 해결 아닌 상황만을 계속해서 이어나갈 때, 무엇보다도 있던 것과 생겨나는 것의 경계인 동시에, 경계자의 관점에서 '바라보고 생각하는 자'의 그 입장이야말로 보존해야 하는 현장이자 증언일지도 모른다. 충돌하고 갈등을 일으키는 것들이 무엇이냐고 묻기 이전에, 충돌과 갈등의 지점에서 바로 그것을 경험하고 증명하는 자들에 주목하고 침묵하는 그 목소리를 향해 시선을 돌리면 "마침내" 하나의 끝을 만날 수 있을지도 모른다. 서로 다른 시선들이 마주침이 만드는 끝들의 한 끝. 그 온전한 끝만

이 새로운 시작이라는 것은 두말할 필요가 없다.

나의 한 형식

방안에 구조가 만들어졌다 그것은 복잡했다 사라져서 남은 곳이면서 생기자마자 사라진 곳이었다

수많은 이야기를 계획하며 주변을 세워봤지만 무엇도 분명해지지 않는 구조로부터

유일하게 만들어진 구조는 방을 바라보는 나뿐이었고 유일하게 일어나는 사건은 나를 뺀 공간뿐이었다

상대가 나타났으면 좋을 법한 장면에서도 나는 혼자 말하고 혼자 대답했다

밖에서는 구름이 흐르고 날씨가 변했지만 내가 기억하는 구름과 날씨만 그곳으로 옮겨졌다 오랫동안 고민을 쥔 사람처럼

—「우연의 방」 부분

이 구조를 이루는 것은 크게 두 부분이다. "사라져서 남

은 곳"과 "생기자마자 사라진 곳". 문제는 이 두 부분이 동시에 발생하는 지점이라는 데 있다. 하나의 구조를 양분하는 자리가 아니라, 전자와 후자가 하나의 구조로 겹쳐져 있다는 말이다. 이 복잡한 구조를 이해하기 위해서는, 여기에 덧붙여 저 각각은 빈자리와 존재감이라는 서로 다른 층위의 무위(無位)를 가리킨다는 점을 전제해야 한다. 공통적으로 무엇이 없는 지점을 가리키지만, 전자는 무언가가 없어진 후에 그것이 전에 있던 자리를 지시한다. 가령 결석한 학생의 자리에 놓인 빈 의자라든가 오래 놓여 있던 화분을 옮기자 바닥에 드러난 둥근 자국 같은 것 말이다. 반면에 후자는 아무도 앉지 않은 의자나 주변에 비해 덜 오염된 바닥의 한 부분이 그것을 유심히 바라보는 누군가로 하여금 어떤 빈자리로 발생하는 동시에, 실재하던 학생과 화분에게 가졌던 존재감을 앗아가는 동요를 암시한다. 앞의 것은 공간적인 무위로 뒤의 것은 시간적인 무위로 이해해볼 수도 있겠다. 명확한 지점에서 발생하는 무위와, 자기감정의 변화에 대한 감정으로 발생하는 일종의 동요로서의 무위가 겹쳐져서 이 기묘한 구조를 이룬다.

그런데 이 구조는 "방"의 것인가. 그렇기도 하고 아니기도 하다. 무슨 말인가. 이 구조를 달리 말할 때 두 가지 층위의 무위가 중첩된 형식이라고 말했었는데, 서로 다른 무위가 하나의 구조를 이루는 과정에 '나'가 관여하기 때문이다. 그 때문에 이 구조는 어떤 방의 설계를 설명하기도 하지만, 그 방에 "혼자 있는 것"으로서 '나'의 사정까지를 전부 아우른다. 단순하게 떠올릴 수 있는 방의 구조, 사방에 벽이 있고 그 네 벽의 위와 아래를 덮어주는 천장과 바닥. 그 사실적인 구조 속에서 '나'는 그처럼 분명하게 말할 수 없는 또다른 내면의 구조를 실감하고 있다. 그 복잡한 실감의 발생은 역설적이게도 간결하게 고정된 방의 사실적인 면모를 확인하는 일에 비례한다("방안에 구조가 만들어졌고 그 구조는 혼자 있는 것에서 시작되었다 움직이지 않는 벽들이 그 사실을 이어주고 있었다"). 다시 말해 빈방에 홀로 놓여 사방의 벽뿐 그 외에는 아무것도, 아무도 없다는 사실을 거듭, 그리고 자세히 확인하면 할수록 '나'의 고독 또한 점차 견고해진다.

여기서 짚어두어야 할 것이 정영효의 시에서는 이 고독에 대한 경계가 익숙함에 대한 경계이기도 하다는 점이다. 바로 이 익숙함에 대한 경계가 중요하다. 범박하게나마 이렇게 먼저 이해해볼 수도 있겠다. 방 바깥에 구름이 흘러가고 날씨가 변하지만, 그것은 모두가 똑같이 경험하는 사실의 요소들이다. '나'는 그 요소들 중에 일부를 가지고 자기만의 방 내지 기억을 구성한다. 하지만 그 기억만으로는 사실의 재구성에서 벗어나지 못한다. 나는 그 재구성 혹은 재현의 관성을 경계한다. 나는 고유한 실감, 고유한 날씨, 고유한 바깥은 존재하지 않는가 하는 이야기를 계획한다. 하지만 그것은 계획대로 되지 않는다. 그 와중에 세계로부터 자신을 분리하기 위해 스스로를 가둔 방의 구조(벽)와 나 사이에서 사건이 일어난다. 그것이야말로 유일한 사건이다. 세계라는 보편도 아니고, 보편에서 획득하거나 가공한 구체적이고도 상투적인 감각도 아니고, 그 둘 사이에 세워진 장막이나 스크린도 아니고, 나와 나의 계획 사이에서 우연히, 그러나 그 오랜 기획의 실행으로써 생겨나는 실감이 있다. 그때 나를 빼고 난 나머지 공간이 모두 나에게는 사건이 되기도 한다. 이렇게 달리 말해볼 수도 있겠다. 정영효 시의 화자는 나를 둘러싼 일단의 세계가, 보편과 관성으로 만들어지고 미리 주어진 관념과 감각이 모두 지워지기를 계획한다. 그 계획은 그런 것들을 지켜보고 떠올리면서 바로 그 구태의연함이 자신에게 가장 익숙해져서 나에게 아무런 자극도 되지 않기를 기다리는 일로 실행된다. 구태와 의연이 제거된 관념과 감각이야말로 정영효의 시가 구상하는 어떤 첨단의 자리를 이룰 만한 요구들이다.

그러니 시인은 사건을 만드는 자도, 세계로부터 사건을 예민하게 흡수해서 재현하는 자도 아니라고 하겠다. 외딴곳에 세상의 물집 같은 방을 짓고 방 바깥의 사정을 일부분 기억하는 일로 그곳에 무언가를 옮겨두려는 노력을 계속하는 자이다. 그 노력의 와중에서 문득 '나'라는 고유한 실감을 대면하고 그 대신 목소리를 내기도 하는 자이다. 이때 나는 보편을 지향하지만 평범을 지양하기란 어려운 방향키 앞에서 조급함을 버리기 위해 다급해지기도 한다("조금씩 나는 평범한 예가 되고 있었다/ 자주 확인하면서 조바심을 멈추고 싶은 다급한 견해였다", 「목적지」). 그렇기에 시인에게 있어서 노력의 한 형태는 일종의 무위처럼 보이기도 한다. 쉼 없이 요동치는 내면과 바깥의 경계에서 그 경계점을 지키고 서 있기란 얼마나 힘이 드는 일일까. 가령 "오월의 단색은 풍요로웠고 웃음을 삐뚤어지게 매도 마음이 지겨운 게 흔한 일이 되었다 축제로 단장한 거리에 대해 때때로 변하는 흥미에 대해 침묵하며 계속 생각했다"(「다른 목소리」)는 화자의 진술을 보자. 여기에서 시시각각 단장되는 거리의 풍요로운 단색은 화자의 말초신경을 자극하는 일로써 금세 무신경한 대상이 되어버린다. 그보다 이 화자의 관심이 닿는 곳은 그것이 어째서 '흔한 일'이거나 '때때로 변하는 흥미'가 되어버리는가 하는, 나의 감각과 사유에 되돌려지는 또다른 나의 목소리이다. 외부로부터의 자극에 섣사리 발언하지 않고 나를 침묵하게 하는, 침묵으로서의 또다른 목소리는 앞서 본 그 경계 지점을 고수하려는 나의 발현으로 보인다. 그것은 드러난 것 속에서 은폐된 것을 보려 하고, 고민과 이유의 차이를 이해하려 하고, 이름과 얼굴이 다르게 떠오르는 방식을 생각하고, 말과 상상이 어떻게 다른 생각에서 출발하고 다른 계획에 도달하게 하는지를 한마디로 결정하지 못하는(않으려 하는) 시인의 미완된 자화상이기도 하다("나는 계속 확실해지지 않는다", 「나의 후보들」).

나를 확인하려 하고, 나를 의심하고, 나의 불확실함을 이해하려는 일련의 시도들이야말로 시인이 기대하는, 보편을 지향하며 평범을 지양하는 일에 대한 노력으로 수렴된다. 이를 이렇게 달리 말해볼 수도 있지 않을까. 함께 잘살기를 모색하기 위해 혼자 잘살기를 궁리하지 않는 노력으로 말이다. 이것이 평범하게 사는 게 제일 어렵다고 말하면서 각자가 생각하는 그 평범성을 구축하기 위해 유별난 마음을 행사하고 타인의 삶을 제 삶에서 배척하는, 바로 그 평범의 횡포를 극도로 경계하는 시선이 소중해 보이는 이유다. "지금 필요 없는 사람은 누구일까" 하는 물음은 우리를 위한 가장 현실적이고도 주체적인 고민의 발현으로 보이지만, 이기심을 감추고 있는 순진무구한 물음이기도 하다. 멋모르는 아이가 자신을 뺀 셈이 늘 불완전하다는 것을 쉽게 알지 못하듯이, 순진한 자신감은 때로 이상한 예외를 만들어낸다. 누군가가 희생을 해야 한다는 가정 속에서 대다수를 상정하고 그들에게 공평한 시선을 던질 때, 그 시선이야말로 불공평한 위치를 독점하겠다는 이기적인 내심의 발로라는 것을 조금만 더 생각해보면 누구나 알 수 있다. 시인은 굳이 누군가가 말을 해야 한다면 이렇게 하자고 제안한다. "여기서 꼭 필요한 사람은 누구일까"(「같은 질문들」) 공평한 삶에서도 대다수와 예외의 구분이 불가피하다면, 그 자신이 예외의 자리에 서되 어떤 필요를 대다수의 편으로 돌려놓는 물음은 이렇게 간단하고도 절실한 경계를 그려보여준다.

짐작하듯 그 경계란 확고부동한 지점이거나 확신할 만한

의지나 의도와는 무관한 데서 발생한다. 무엇과 무엇을 가르고, 무엇의 지속을 단속하고, 무엇과 무엇의 다름을 확인하고, 무엇의 끝에서 찰나에 나타나는 시작을 목격하는 일. 그것은 계획이나 준비와는 무관한 일이지만, 그럼에도 어떤 계획과 준비를 전제로 하여 일어난다.

> 예감에 대해 묻는다면 대답 대신 기침을 할 수도 있다
> 기다려도 오지 않고 오고 나면 지나칠 수 없는
> 기침은 내가 따르지 못하는 순서
> 앞뒤를 감당할 수 없는 조짐처럼
> 나와 무관했지만 내게서 시작되는
> 짧은 휴식이거나 오래된 피로 같은 것
> 모든 골목이 빛을 닫고 무너질 때
> 저녁이 무성한 잡념들을 거두면
> 나는 견고해지는 어둠 속에서 기침을 기다린다
>
> —「기침」 부분

인용 부분 다음에 기침을 기다리는 일은 "아니 예감을 준비하며/ 나에 대한 태도를 배우고 있는지도 모른다/ 그러므로 기침은 끝이 아닌 계속의 형식"으로 다시 말해진다. 불시에 나에게 도착하여 전신을 흔들고 지나가는 기침처럼, 어떤 예감은 부지불식간에 나에게 온다. 그렇지만 그 기침이나 예감에 전혀 이유가 없는 것은 아니다. 기침을 일으키는

원인은 나와 나의 바깥을 기침이라는 강렬한 사건으로 분명하게 이어준다. 마찬가지로 나의 예감에도 일종의 인과성이 내장되어 있다. 그런 연유로 저 화자는 막을 수 없는 예감의 도래를 준비한다. 예감의 행로를 제외한 모든 길들을 나로부터 차단한 채로 내가 "감당할 수 없는 조짐"을 맞을 채비를 하는 화자의 모습은 왠지 익숙하다. 정영효의 다른 시들에서 보았던 자극적인 감각이나 순간적인 인식을 경계하는 화자는 이 시에서 기침과 같은 결단을, 그 주체할 수 없는 주체의 발현을 대비하는 화자와 다르지 않다. 그들이 공통적으로 가진 태도는 무엇보다도 어떤 결론에 손쉽게 편승하는 일로 자기를 결론 맺지 않겠다는 부단함이다. 그 부단함은 자신을 거듭 의심하는 일로서 꾸준히 "외도"를 노리는 태도로도 보인다.

전에 없던 일이 생겨나는 것으로서 기침은 그 자체로 시작이자 끝을 지시하는 사건이다. 이 화자가 누군가의 죽음을, 죽은 이가 마지막으로 남긴 말을 떠올리는 데에도 그런 이유가 있다("가령 그의 유언은 기침이었지만/ 나는 그것을 기록하지 못했다"). 하물며 기침을 터뜨리며 생을 마친 이를 떠올리는 일은 그 기침을 번역하고 싶은 남겨진 자의 욕망처럼 끝없이 계속될 것이다. 그의 기침은 기록되지 못함으로써 계속해서 새로운 기침으로 화자의 기억으로 되돌아오는 유언이 된다. 남겨진 말, 아득한 말, 흐르는 말, 그리고 낯선 영향으로 수시로 나를 덮쳐오는 말. 그것이야말로

"끝이 아닌 계속의 형식"으로, "사라지면 돌아오는 고요"의 내용으로, 단호하게 주어를 말하며 시작할 수밖에 없는 모든 이야기들의 운명일 것이다. 더불어 시가 태어나고 새롭게 읽히는 일 또한 여기에 있다고 하겠다. 지금까지의 일상으로부터 자신이 추방됐다고 느끼는 순간, "침착함과는 거리가 먼" 상태에 놓이게 된 그때, 차마 번역할 수 없는 어떤 말이 나도 모르게 나로부터 튀어나오지 않던가. 이 시의 화자는 기침을 어떤 예감처럼 말하고 있지만, 실상 이 예감은 시적인 무엇에 닿아 있는 마음이자 시선이다. 불현듯 나를 엄습해서 안으로부터 터져나오는 힘과 그것을 막으려는 힘의 다툼을 온몸으로 들썩이며 중계하는 기침은 나의 안팎을 뒤집어놓는 일처럼 보인다. 나를 뒤집으며 터져나와 공중에, 손가락 끝의 지문처럼 고유한 파문을 만드는 기침은 누구나 떠올려볼 만한 일이다. 그 파문의 무늬는 곧 "그의 유언은 기침이"었다는 한마디가 여러 갈래의 문장을 불러내어 이뤄낸 고유한 하나의 서사다.

우리를 그리는 내면

이 모래먼지는 타클라마칸의 깊은 내지에서 흘러왔을 것이다

황사가 자욱하게 내린 골목을 걷다 느낀 사막의 질감

나는 가파른 사구를 오른 낙타의 고단한 입술과
구름의 부피를 재는 순례자의 눈빛을 생각한다
사막에서 바깥은 오로지 인간의 내면뿐이다
지평선이 하늘과 맞닿은 경계로 방향을 다스리며
죽은 이의 영혼도 보내지 않는다는 타클라마칸
순례란 길을 찾는 것이 아니라 길을 잃는 것이므로
끝을 떠올리는 그들에게는 배경마저 짐이 되었으리라
순간, 잠들어가는 육신을 더듬으며 연기처럼 일어섰을 먼지들은
초원이 펼쳐져 있는 그들의 꿈에 제(祭)를 올리고 이곳으로 왔나

—「저녁의 황사」 부분

타클라마칸은 중국 위구르 자치구에 속한, 대표적인 모래사막이다. 위구르어로 타클라마칸(تەكلىماكان)이라고 하는데 이는 '들어가면 절대로 빠져나올 수 없는'이라는 뜻이다. 실제로 이곳에서는 식수를 구할 수가 없고, 혹한과 혹서를 반복하는 기후와 사구를 끊임없이 이동시키는 바람의 영향으로 사람이 살기는커녕 지나가기에도 어려운 지역이라고 한다. 과거 실크로드로서의 영예마저 모래처럼 흩어져 조금씩 소실되고 있는 듯한 그곳을 화자는 이제 와 왜 문득 떠올리게 되었을까. 아마도 그곳은 화자의 의식에 자리잡기 전에 이미 직접적인 감각으로 화자에게 체험되었을 것

이다. 어느 날 저녁에 가파르고 좁은 골목길을 걷다가 황사의 영향을 실감했을 테고, 그 일상적인 경험이 골목과 사막 사이에 가로놓인 예측하기 어려운 거리감을 일순간에 지워버렸을지도 모른다. 시적 상황은 이처럼 모래먼지 한 알이 아무렇지도 않은 일상에 틈입하는 아주 사소하고도 우연적인 찰나에 구성된다. 눈에 보이지 않지만 도시의 한 귀퉁이 좁은 골목 어귀에 파고들어 엄연한 일상의 한 배경을 이루던 모래먼지는, 의식하지 못하는 한순간에 화자의 눈 속에까지 침입한다. 찰나의 맹목, 일순의 통증은 먼 사막의 깊은 골짜기와 화자가 서 있는 골목을 잇는 기나긴 거리를 소진되기 직전의 모래알로써 감각하게 한다. 나를 덮친 것은 황사지만 어떤 순간에 나를 압도한 것은 단순히 모래먼지라고 할 수 없는 무엇이다. 그 무엇을 무어라고 말할 수 있을까. 문득 내 안으로 불어들어와 눈앞을 가리고, 눈을 비비게 하고, 그 짧은 행위 동안에 여기가 아닌 곳에 나를 데려다 놓는 그 무엇을 말이다.

시가 (우연함으로 오지만) 우연히 적히는 것이 아니듯, 이 모래먼지의 일인 듯한 자극도 그저 외적인 것만은 아니다. 팍팍하고 따가운 황사의 질감을 화자가 단순한 이질감으로만 받아들이지 않는 것을 보면 알 수 있다. 먼 거리를, 오랜 시간을 흘러왔을 모래먼지는 그 안에 고단하게 늘어진 낙타의 입술과 비를 기다리는 자의 간절한 눈빛 같은 것을 담아 화자에게 준다. 그렇게 가볍고 작은 티끌 하나는 결코 가볍거나 작지 않은 시간을 무엇도 아닌 화자의 내면으로부터 끌어낸다. 죽음을 딛고 온 모래먼지, 길 없는 사막 가운데의 구도자가 된 느낌, 적막한 시간, 죽음에 이르는 고독, 길을 버리는 길을 알기 위해 계속 가야만 하는 길. 이 모두가 타클라마칸이라는 이름 위로 떠오르는 배경적인 지식이 아니라 화자의 내심에서 흘러나온다는 점이 중요하다. 누군가는 저녁의 귀갓길에 황사를 맞고 불판 위에서 자글자글 소리를 내며 구워지는 기름진 삼겹살을 떠올렸을지도 모른다. 하지만 이 화자의 경우는 어떤가. 피부에 와닿는 까칠한 모래의 감촉에서부터 타클라마칸까지, 그 먼 거리를 한 순간으로 압축하며 결국은 자기 안의 모래사막을 어느 저녁 골목길 위로 쏟아낸다. 사막은 화자의 내면에 있었고, 화자는 그 자체로 바람에 쓸려 적막하게 이동하는 사구처럼 보인다.

이 시에 내장된 매력은 어떤 내면이 구체적으로 포착하려 할수록 사실과 멀어지는 지점이라는 것을 암시하는 데 있다. 가령 모래먼지가 불러일으킨 화자의 삭막한 내면은 거친 질감과 고단하게 늘어진 육체와 무언가를 기다리는 간절한 생기 같은 것으로 채워지는 데 반해 실제 사막의 생은 그런 이미지들마저 "짐"으로 여길 수밖에 없을지도 모른다는 근거 모를 예감의 무게가 화자에게 엄습한다. 아무것도 예측할 수 없는 사막의 행로에서라면 유일한 길은 길을 걸어가는 자의 내면에 있을 것이고, 달리 말해 누군가의 내면만이 사막의 바깥이 될 수 있을 것이다("사막에서 바깥은 오로지 인간의 내면뿐이다"). 이 짐작은 "나는 앞을 쫓지만 뒤를 버리지 못했다"는 화자의 고백으로도 이어진다. 도달하지 못한 목전의 목적을 향해 가고 있지만 그것은 또한 지금껏 걸어온 길을, 몸 바깥의 일을 내면화해야만 가능한 일이기도 하다는 것을 이 시의 화자는 의식하고 있다. 내면이 바깥이라는 형용모순의 한 문장 앞에서, 한 시인은 피부에 와닿는 예감과 온몸을 관통하는 적막감에 오래 뒤척였을지도 모를 일이다.

그 나머지

남았으나 모자란 것들이 늘어나서 불에 태우기로 작심했다 단지 그것들을 제목으로 보여주고 싶어서

불속에 모든 기대들을 먼저 밀어넣었고, 알게 된 것과 마지막으로 이해한 게 달라져도 비슷한 윤곽이 겹쳐질 때마다 던져버렸다

—「제목에서 끝나는」 부분

여기서 말하는 자는 무언가를 "불에 태우기로 작심"한다. 그것은 "남았으나 모자란 것들"이고 함께 태우려 하는 다른 것들은 "모든 기대들" "알게 된 것" "비슷한 윤곽"으로

겹쳐진 이해들이다. 그런 것들을 모두 태우다보니 "검은 연기"가 피어오르고, 연기가 피어오르는 그 "검은 저녁"에 "불을 물려받은 그림자"에서 "제목들"이 떠오른다. 이로써 우리는 하나의 장면을 상상해볼 수 있다. 아궁이에 장작을 넣어 불을 지피는 장면과 같은. 그때 장작은 미리 땔감으로 구해둔 나뭇가지 등속이기도 하고, 때로는 헌집을 무너뜨리고 마련한 낡은 목재들이기도 할 것이다. 그것들은 불을 지핀 아궁이나 모닥불 속으로 던져져 타오르고 마침내 검고 희고 가벼운 잿더미와 그 외에 타지 '못한' 것의 목록으로 남는다. 이런 장면에 저 시를 겹쳐두고 읽으면, 화자가 불에 태우려고 하는 것은 차마 시가 되지 못한 것들로 추측해볼 수도 있다. 한 편의 시에 소용되지 못한 생각이나 느낌들 같은 것 말이다. 시의 화자는 하나의 "제목"에 집중하면서 그로부터 어긋나는 지점들을 완전히 삭제하려는 듯이 자신의 기대와 이해가 빚어내는 오차들을 다소 폭력적으로("밀어넣었고" "던져버렸다") 해소하려 한다.

하지만 그것이 불가능한 바람이라는 것을 화자도 알고 있다. 모든 사실에는 의심이 불안처럼 매달려 있고, 따라서 그것을 대하는 화자의 관점이나 태도에도 의문은 생략할 수 없는 조건이다. 화자는 화자로서 계속해서 바라보고 바라봄에서 어쩔 수 없이 생겨나는 질문들을 스스로는 온전히 해소하지 못한 채로 말할 수밖에 없다는 것을 먼저 알고 있다. 그렇기에 화자는 더욱 몰입하여 제목을 떠올리려는 게 아닐까. 해소하지 못하고 남은 것들, 말로는 모자란 것들이라 하지만, 결코 부족하지 않은 생각과 느낌과 기억과 감정의 조각들, 미처 한 편의 시가 되지 못하고 화자의 곁에 남은 물음들, 그것은 불에 태우고도 남는 연기와 재처럼 열띤 것들이 사라지며 남긴 흔적으로 있다.

좀더 단순하게 생각해볼 필요가 있겠다. 몇 편의 이야기가 있고, 그중에 나름의 결단을 내보인 시가 있는 반면에 그렇지 못한 시가 있다고 가정해보자. 그 시들을 모두 묶어 단 하나의 제목을 붙여야 한다면 도대체 어떤 결심을 다른 결심들을 대표하는 것으로 내세울 수 있을까. 이런 곤란은 한 편의 시에서도 마찬가지로 생겨난다. 하나의 시를 이루는 사유와 감각이 그 폭과 깊이가 클수록, 혹은 그것을 지속한 시간이 길수록 그것을 겨우 표현해낸 몇 개의 단어와 문장 가운데에서 하나를 다른 것들을 대표하는 단어나 문장으로 바꿔 쓰기는 어려울 듯하다. 게다가 서로 다른 결심들을 통합할 수 있는 결심이라면 그것은 순수한 결심이라 할 수 없을지도 모른다. 순수한 결심들은 다른 것과 섞이지 않는 저마다의 성질을 보존하고 있기에, 제목은 그처럼 하나로 결정되지 못하고 남은 질문들, 해소되지 못한 의심들로부터 마련되는 게 마땅해 보인다. 이처럼 시에 따르면 제목은 어떤 나머지를 통틀어 지시하는 이름이다. 하나의 제목이란 한 편의 완결된 글로써 말하고도 남는 것이 있다는 것을 보여주기 위한 것임을 이 시는 말하려는 듯하다. 그러니

"제목에서 끝나는" 것은 모든 시작된 이야기의 결정이기도 하다. 고유한 제목을 붙인 모든 이야기는 제목으로 그 이야기를 모두 설명하거나 이야기를 완벽하게 부연할 수 없는, 말하고도 남는 지점, 이야기의 외도를 보유하고 있다는 것을 몸소 증명한다.

이야기의 외도에 대해 좀더 이야기해보자. 흔히 제목이야말로 무엇보다 이야기가 갖는 목적과 방향을 바로 보게 하는 길잡이라 여겨지지 않는가. 물론 제목이 그런 역할에 충실한 이야기도 분명히 있다. 하지만 정영효 시의 제목은 도리어 시가 구성하고 구축하는 하나의 이미지나 서사와 무관한 목적과 방향을 암시한다. 그의 제목은 어떤 표지로 기능하기보다는 미처 하지 못한 말, 일종의 보유 지점으로서 시의 본문과 동등한 위치에 놓인, 한 편의 시가 어떻게 완결된 형식을 취할 수 있는가를 되묻는 암호에 가깝다. 다시 말해 이러저러한 장면과 이야기가 제시되고, 그 가운데에서 특별한 단어들을 조합한 것처럼 보이는 제목을 달고 있다 하더라도, 정영효 시의 경우에는 그것이 시의 본문을 대표하거나 부연하는 역할을 하지 않는 것으로 보는 편이 옳다. 그의 시가 경계하는 것 중에 하나는 성급하게 내리는 결론이고, 그 경계심은 시를 구성하는 일에 철저하게 쓰인다. 그의 시에 결심이나 안심과 같은 마음의 사정을 자주 이야기하는 연유도 경계심의 발로가 그처럼 다양한 양상으로 표현된 것이라 볼 수 있다. 화자가 구성해서 들려주는 성급히 당겨 말할 수 없는, 끝 모를 이야기에는 당연히 하나의 결단만 있을 뿐 명확한 결론이 없다. 때문에 그의 모든 시는 결론으로 날 법한 정도(正道)의 자리에서 조금씩 비껴나 있다. 확신할 수 없는 사실들, 의심들이 그 시의 화자를 어떤 지점에서 결단하게 하는 한 이유들이 되기 때문이다. 그러니 정영효의 시는 들려주는 말보다 들려주지 못한 말을 더 많이 남기는 이야기라고도 하겠다. 이야기의 본래 목적에 충실하지 못하고, 거듭 곁길로 새버리는 그의 이야기, 하지만 들려준 이야기보다 더 많이 들려줄 이야기. 이제 시작이지만 아마도 하나의 끝내줄 법한 이야기가 될 그의 나머지를 계속 읽어보고 싶다.

정영효 남해와 부산에서 자랐다. 2009년 서울신문 신춘문예를 통해 등단했다.

문학동네시인선 066
계속 열리는 믿음

1판 1쇄 2015년 1월 15일
1판 6쇄 2023년 5월 22일

지은이 | 정영효
책임편집 | 곽유경
편집 | 김민정 이경록
디자인 | 수류산방(樹流山房) 본문 디자인 | 유현아
저작권 | 박지영 형소진 최은진 오서영
마케팅 | 정민호 김도윤 한민아 이민경 안남영 김수현 왕지경 황승현 김혜원
브랜딩 | 함유지 함근아 박민재 김희숙 고보미 정승민
제작 | 강신은 김동욱 임현식
제작처 | 영신사

펴낸곳 | (주)문학동네
펴낸이 | 김소영
출판등록 | 1993년 10월 22일 제2003-000045호
주소 | 10881 경기도 파주시 회동길 210
전자우편 | editor@munhak.com
대표전화 | 031) 955-8888 팩스 | 031) 955-8855
문의전화 | 031) 955-3576(마케팅), 031) 955-2678(편집)
문학동네카페 | http://cafe.naver.com/mhdn
인스타그램 | @munhakdongne 트위터 | @munhakdongne
북클럽문학동네 | http://bookclubmunhak.com

ISBN 978-89-546-3420-5 03810

* 이 책은 서울문화재단 '2011년 문학창작활성화—작가창작활동지원사업'의 지원을 받아 발간되었습니다.

잘못된 책은 구입하신 서점에서 교환해드립니다.
기타 교환 문의: 031) 955-2661, 3580

www.munhak.com

문학동네